熊貓小知識：

熊貓是熊科動物，學名為「大貓熊」，但因為熊貓已經成為大眾約定俗成的暱稱，因此本書仍使用「熊貓」來稱呼。

冬漫社 著・繪

野人

Graphic Times 56

著・繪　冬漫社

野人文化股份有限公司
社　　長　張瑩瑩
總 編 輯　蔡麗真
副 主 編　徐子涵
責任編輯　余文馨
專業校對　魏秋綢
行銷經理　林麗紅
行銷企畫　蔡逸萱、李映柔
封面設計　周家瑤
內頁排版　洪素貞

出　　版　野人文化股份有限公司 (讀書共和國出版集團)
發　　行　遠足文化事業股份有限公司
地址：231 新北市新店區民權路 108-2 號 9 樓
電話：（02）2218-1417　傳真：（02）8667-1065
電子信箱：service@bookrep.com.tw
網址：www.bookrep.com.tw
郵撥帳號：19504465 遠足文化事業股份有限公司
客服專線：0800-221-029
法律顧問　華洋法律事務所　蘇文生律師
印　　製　凱林彩印股份有限公司
初版首刷　2023 年 04 月
初版 2 刷　2024 年 03 月

國家圖書館出版品預行編目（CIP）資料

大貓熊文豪班 . 2, 跟孔子熊學 (古文)/ 冬漫社著 . 繪 . -- 初版 . -- 新北市 : 野人文化股份有限公司出版 : 遠足文化事業股份有限公司發行 , 2023.04
面；　公分 . -- (Graphic times ; 56)
ISBN 978-986-384-849-3(平裝)

1.CST: 中國文學 2.CST: 古文 3.CST: 漫畫

820.37　　112003181

野人文化官方網頁　野人文化讀者回函

大熊貓文豪班 (2)

線上讀者回函專用 QR CODE，你的寶貴意見，將是我們進步的最大動力。

前言

在久遠的傳説中，存在著這樣一個平行世界。它有著上下五千年的歷史，有著百家爭鳴的文化底蘊，有著自強不息的民族精神……那裡的居民都是熊貓，他們的故事，源遠流長，餘韻不息。其中一些傑出的熊貓，在漫長的歷史中脫穎而出，成了千古傳頌的大文豪。

當我們打開這本書，進入熊貓世界，我們會跟著這些熊貓文豪一起生活，看看他們所處的時代，看看他們如何與命運鬥爭，也看看他們是在何種機緣之下，達成了萬眾矚目的成就。

通過閱讀這些故事，我們會學到這些文豪的代表作品，也會掌握一些學習詩詞古文的訣竅。大家可以偷偷把這些竅門應用到語文學習中，讓自己輕鬆愉快地突破壁壘，獲得更好的成績。還可以拓展知識領域和眼界，用更豐富多彩的視角看待我們生活的世界。

接下來，就讓我們認識一下這些萌萌的熊貓文豪吧！

《大貓熊文豪班》的故事總共有六冊，本冊為古文篇，將有七位文豪班班級股長和大家見面。

成熟穩重的班長孔子，在亂世中周遊列國，創立儒學，他的思想學說影響了華夏後世幾千年。

執著熱忱的副班長韓非，會帶大家學習法家經典；深沉老練的公民課小老師李斯，會帶大家瞭解他是怎麼幫助秦王一統天下的。

堅毅隱忍的歷史課小老師司馬遷，會讓大家知道他如何在困境中堅持不懈，寫出《史記》。

耿直敢言的書法課小老師蔡邕ㄩㄥ和才高氣傲的音樂課小老師蔡文姬是一對才熊父女，他們會一起帶你看看〈述行賦〉是如何寫成的。

而豪爽灑脫的公關股長王羲之，會為大家展示書法，帶你看看如何用生花妙筆寫就「天下第一行書」。

下面，就讓我們一起走進熊貓世界，和這些萌萌的熊貓文豪一起玩耍吧。

文豪班幹部競選會

新學期伊始，大熊貓文豪班進行了一次班股長選拔，每位文豪都競選到了最適合自己的職位，快來聽聽他們自信滿滿的競選宣言吧！

助考指數：★★★★★
我開創了儒家學派，選我當班長，我一定能團結同學們，讓大家互助友愛！
孔子
禮
義
智
仁
信

助考指數：★★★★★
外儒內法是管理班級的法寶，作為副班長，我一定能成為班長的好助手！
法
術
勢
韓非

助考指數：★★★★★
我的政治手腕很高超，曾經協助秦始皇統一天下。公民課小老師，捨我其誰！
李斯

助考指數：★★★★
我的外號是「行走的歷史書」，我來當歷史課小老師，大家沒有意見吧！
史記
司馬遷

助考指數：★★★★★
我創造了飛白書，當書法課小老師，定然能帶動大家提高書法水準！
蔡邕
飛白

助考指數：★★★★
我擅長彈琴更愛琴，〈胡笳十八拍〉就是我創作的，音樂課小老師讓我來當很適合！
蔡文姬

助考指數：★★★★★
我宣傳能力強，用一篇文章讓蘭亭詩會名滿天下！天朗氣清，惠風和暢，公關股長閃亮登場！
王羲之

目錄

孔子

（前 551—前 479）

中國歷史上最受歡迎的「明星老師」，他學識淵博，卻堅持有教無類，只要拿十條臘肉當學費，他就能教你一輩子，被後世稱為「萬世師表」。相傳，他還是中國最早的「窮遊家」，帶著弟子周遊列國，一走就是十幾年。

在兩千七百多年前，
華夏世界出現了大危機！

大危機

一種名為「禮崩樂壞」的黑暗力量悄悄地出現了。

禮樂指的是禮儀和音樂，泛指先秦時期的社會制度、文化秩序和道德規範，是當時周王朝的統治基礎。禮崩樂壞，是說諸侯們不再遵守周王朝的社會規則，相互爭鬥，使社會制度和文化秩序變得混亂。

它讓原本文明守禮的熊貓們變得不守規矩。

熊貓諸侯們開始天天打架搶地盤，也不再聽周天子的話。

周天子是周王朝的最高統治者。天子的意思就是上天的兒子，在古代是臣民對帝王的尊稱。

就在華夏世界變得越來越混亂之時，

有一個英熊出現了！

他就是被後世無數熊貓崇拜，
被稱為「至聖先師」的孔子！

天不生仲尼，萬古如長夜。
——《朱子語類》

解讀 如果上天不降生孔子，那麼世界就會一直如同在漫漫長夜中一樣。

孔子的出生過程有些「神奇」。相傳，
他的父母到尼丘山祈禱上天能賜給他們一個小寶寶。
沒多久，孔子就出生了。

據說剛出生時，孔子的頭頂是凹下去的，
於是取名為孔丘，取字為仲尼。

生而首上圩頂，故因名曰丘云。
——《史記·孔子世家》

這孩子的頭頂
像山谷一樣！

解讀
孔子生來頭頂凹陷，於是被取名為丘。

孔子三歲時父親就去世了，他和母親過著貧窮的日子。
母親為培養他成才，日夜不停地工作賺錢。

吾少也賤，故多能鄙事。
——《論語·子罕》

母親！我今天
當吹鼓手賺了好多竹子！
以後你別做那些了，
你要好好念書。

解讀
我因為年少時出身低下，所以會做很多粗鄙低下的工作。

即便年少的孔子十分懂事，努力幫助貼補家用，
但母親依然因為操勞過度而生病去世。

父母的離去，生活的貧苦，周圍熊貓的冷漠，
使孔子深深感受到了熊生的艱難。

他曾被貴族拒之門外。

西周是奴隸制王朝，貴族與平民的地位差異，比後世要巨大得多。到了春秋時期，社會動盪，社會秩序遭到破壞，平民的日子就更不好過了。

季氏
這裡不是你這種沒錢沒地位的熊貓能來的地方！

也見識到了社會的各種荒唐現象。

號外號外！
楚平王娶了兒子的未婚妻，還把兒子趕跑了！
還以為有大新聞呢，結果又是這種平常事。
這種事根本不合禮法！不講道德！

經過觀察和思考，
孔子總結出了導致華夏世界變得如此混亂的原因。

於是孔子立下了自己的熊生志向：
消滅禮崩樂壞，拯救華夏世界！

拯救世界的第一步，
就是要提升自己！要學習！

初級《詩經》奧義學習成功！
經驗值＋1000！
升級
升級
升級
升級
升級
升級

為了提升自己，
孔子抓住一切機會向別的熊貓請教。

＋5

提示

主線任務1：向老農請教。

力量＋5

無論對方地位高低，
他都不以向他們請教為羞恥，學到了很多有用的知識。

子曰：「三人行，必有我師焉。」
——《論語．述而》

+5
提示
主線任務2：向車夫請教。
敏捷+5

解讀

孔子說：「幾個人同行，其中必定有值得我學習的人。」

在學習中他也懂得辨別對錯，
用正確的思想和知識充實自己。

子曰：「擇其善者而從之，其不善者而改之。」
——《論語》

+5
提示
主線任務3：向官員請教。
智力+5

解讀

孔子說：「我選取他們的優點來學習，如果發現自己也有和他們一樣的缺點則加以改正。」

經過不懈努力，孔子在三十歲時，成了德智體美全面發展的熊才！

子曰：「吾十有（ㄧㄡˋ）五而志於學，三十而立。」
——《論語．為政》

解讀

孔子說：「我十五歲時立志於學習，三十歲時能夠立身處世。」

他還悟出了兩個可以拯救世界的終極奧義——「仁愛」和「禮治」。

孔子說的仁愛，是以親情為基礎，就像父母對孩子無條件的愛，然後推己及人，將這種愛延伸到其他人。禮治，就是以禮治國，讓所有人都知道自己在社會生活中的位置，比如父親和兒子、君王和臣子。如果人人都按自己的身分去做事，遵守秩序，國家就不會陷入混亂。

孔子的能力得到了齊景公的賞識。

解讀

齊景公問孔子要怎麼治理國家。孔子答道：「國君的行為要符合對國君的要求，臣子的行為要符合對臣子的要求，父親的行為要符合對父親的要求，兒子的行為要符合對兒子的要求。」

想要治理好國家，
國君就要有國君的樣子，
臣子就要有臣子的樣子。
你說得太對了！
啪啪啪
禮治

齊景公問政於孔子。孔子對曰：「君君，臣臣，父父，子子。」——《論語．顏淵》

然而，齊國的大臣反對孔子的治國方略，
紛紛勸說齊景公，使得齊景公轉變了心意。

孔子說的這些雖然很有道理，
但沒法幫我們打敗其他國君！
你說得太對了！

孔子只能失望地回到家鄉，但他沒有氣餒，
而是開闢了第二條道路——創辦私學帶學生！

之前的挫折讓孔子意識到自己的力量是不夠的。
他要培養出更多的熊才，跟他一起拯救世界。

子曰：「有教無類。」

——《論語‧衛靈公》

解讀

孔子說：「人人都可以接受教育。」

由於不介意出身，學費低，教學品質又高，
孔子很快就收了一大批來跟他學習的熊貓弟子。

來說說你們都有什麼志向吧。
老師，憑我的本事，將來肯定能治理大國！
憑我的本事，能治理一個小國就夠了。

但他從來沒有忘記自己立下的偉大志向。

我……我只想和老師、同學們一起去踏青郊遊，
沒有憂愁和煩惱，玩累了就唱著歌回來。
太平盛世，這也是我的夢想。

曰：「莫春者，春服既成，冠者五六人，童子六七人，浴乎沂，風乎舞雩，詠而歸。」夫子喟然歎曰：「吾與點也！」

——《論語・先進》

解讀

（曾晳）說：「暮春三月，已經穿上了春衣，約上五六個成年人，帶上六七個少年，在沂水中沐浴，在舞雩臺上吹風，一路唱著歌回家。」孔子感歎道：「我贊成曾晳的想法啊！」

在五十五歲時，
孔子決定再次踏上征途——周遊列國！

但他沒有想到，在他培養弟子的同時，
那股黑暗力量對世界的影響也越來越深。

孔子帶著徒弟們遊歷了十幾個諸侯國，
不停地勸說那些國君實行禮治。

但國君們對孔子拯救世界、
恢復太平盛世的理想沒有興趣。

得不到國君們的支持，孔子的理想無法實現。

年邁的孔子覺得自己可能見不到世界恢復秩序的那天了。

他將《詩》《書》《禮》《樂》《易》《春秋》六部經典
交給弟子們，希望他們能夠繼承自己的志向。

孔子去世後，弟子們將老師和他們說過的話記錄下來，
編成了儒家著作——《論語》。

雖然孔子一生都沒有實現理想，
但他宣導的儒家思想卻傳承了下來。

儒家思想對後世產生了深遠的影響，
孔子也成了華夏歷史上極具影響力的思想家。

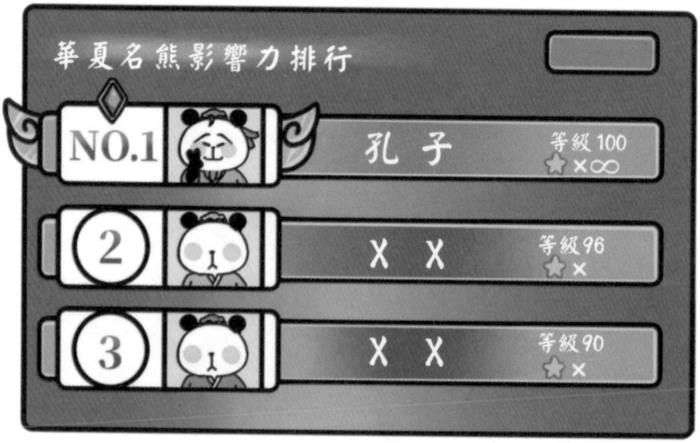

孔子去世一百多年後，孟子和荀子繼承了他的思想和志向，
再次向禮崩樂壞這股黑暗力量發起了挑戰！

仁政是孟子從孔子的仁愛思想發展而來的。孟子認為君王應該對人民寬厚，施以恩惠，才能爭取民心。荀子在學習孔子禮治思想的同時，也認識到了法制在國家治理中的作用，也就是法治的重要性。

孟子、荀子和孔子一起，
被後世熊貓尊為「儒家三聖」。

孔子去世後的兩千多年裡，無數熊貓文豪繼承了儒家思想，
為孔子創立的思想學說添磚加瓦！

如今，儒家文化已經融入華夏文明之中，
並將隨著時代的發展傳承不息。

無論世界如何變化，華夏熊貓始終記得，
孔子就是夜空中最先劃破黑暗的那顆星！

敏而好學，不恥下問。（節錄自《論語・公冶長》）

知之為知之，不知為不知，是知也。（節錄自《論語・為政》）

默而識之，學而不厭，誨人不倦。（節錄自《論語・述而》）

譯文：聰敏又勤學，不以向地位學問比自己差的人求教為恥。

知道就是知道，不知道就是不知道，這才是真的知道了。

把知識默默地記在心上，努力學習從不滿足，教導別人不知疲倦。

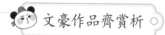

周遊列國

在西元前1046年周王朝取代商王朝之後，周天子將土地分封給王室子弟、功臣等，這些擁有封地的人被統稱為「諸侯」。根據和周天子的遠近親疏，諸侯有不同的地位和職責。所以周遊列國的「國」並不是指今天的國家，而是指當時的諸侯國，如齊國、衛國、宋國、鄭國等。孔子從五十五歲開始，用了十幾年的時間在各個諸侯國遊歷，向諸侯宣傳自己的政治主張，希望能恢復周朝的禮樂制度，讓天下安定下來。但是終其一生，孔子的理想也未能實現。

《論語》

《論語》是儒家經典，共20篇492章，由孔子的弟子編纂ㄗㄨㄢˇ，記錄了孔子及其弟子的言行，表達了孔子的思想主張。《論語》與《孟子》《大學》《中庸》並稱為「四書」，是中國古代讀書人的必讀書。《論語》中所講述的很多道理，即使放在今天仍不過時。

儒家思想

孔子創立的儒家學說，經過孟子和荀子的發展，形成了完整的思想體系。儒家思想提倡的仁、義、禮、智、信這五種品德，被稱為「五常」。五常又經常和忠、孝、悌、節、恕、勇、讓等品德一起，共同成為古人的道德規範。漢武帝時期，董仲舒提出「罷黜ㄔㄨˋ百家，獨尊儒術」。此後，儒家思想為歷代所推崇，影響了中國兩千多年的歷史。作為現代人，我們也要注意到儒家思想與現代社會理念相悖的地方，有選擇地學習。

北京孔廟和國子監

雖然在孔子的老家山東曲阜也有一座孔廟，但今天我們要帶大家遊學打卡的第一站是位於北京的孔廟和國子監。

北京孔廟始建於元代，是元、明、清三代皇帝祭祀孔子的地方，距今已有七百多年的歷史了。這裡遍布蒼松翠柏，古樹參天，建築布局嚴謹，莊嚴恢宏，還遺存有明清兩代的進士題名碑。與孔廟相鄰的國子監是當時國家最高學府和教育行政機構。現在，北京孔廟和國子監已經被開闢為博物館，成為我們瞭解中國古代科舉制度和發展歷程的重要場所。

孔府

下一個打卡地點是位於山東曲阜的孔府。

孔府在古代是孔子後人的居所，與孔廟相鄰。參觀完孔廟之後，我們可以步行到孔府中遊玩一圈。

隨著儒學的興盛，孔子的地位越來越高。自宋代開始，孔子的嫡長子孫被統治者封為世襲衍聖公，孔府也從此被稱為衍聖公府。得益於先祖孔子的榮耀，孔府歷經數次擴建，形成了規模龐大的府邸。今天，我們走在美輪美奐的孔府之中，欣賞展覽的禮器等文物，不難想像這裡昔日的榮光。

孔林

最後，讓我們來到本次遊學打卡的終點站——孔林。

孔林又稱至聖林，是孔子及其後人的家族墓地。相傳在孔子死後，弟子們將他葬於曲阜城北的泗水岸邊，孔子的許多直系和旁系後人也陸續埋葬於此。孔林之中存有三千多塊不同朝代遺留下來的石碑，稱得上是名副其實的碑林，也是研究古代藝術文化的好地方。

孔子

時光像河水一樣流去，日夜不停。要珍惜時間好好學習啊！

22 小時前

♡ 孟子、司馬遷、漢武帝、朱熹

墨子：哼！一天到晚就知道勸人學一些不切實際的東西！你教的那套思想已經過時了！

孟子：樓上的別胡說！自有人類以來，沒有比孔子更偉大的人！

漢武帝：瞧瞧孔夫子這話說得多好！大家都來學習孔夫子的儒家思想，其他亂七八糟的東西就別學了！

司馬遷：我雖然不能回到孔子的時代，但內心非常嚮往！今天也是為孔子加油的一天！

朱熹：多麼美妙的文字！多麼深刻的思想！如果上天沒有創造孔子這樣偉大的人，世間將永遠像漫漫長夜一樣黯淡無光。

我是智商超群的法家學派理論家！

韓非

（約前 280—前 233）

法家代表人物。智商擔當，著書達人，人送稱號「說不過你就寫服你」，作品暢銷兩千年，收穫帝王級粉絲無數。

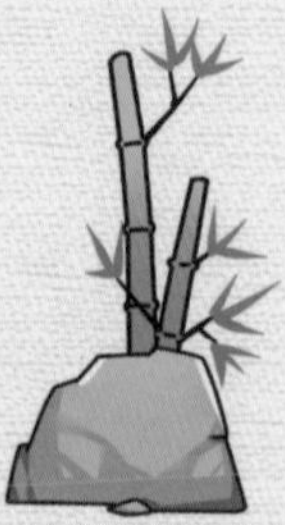

我是善用權謀的法家學派實踐家！

李斯

（？—前 208）

秦國大臣。古代版「終結者」，行動派，拖延症剋星，立下的小目標是讓秦國一統天下。手段果決，招數高明，堪稱「政壇高手」。

「戰國」這個名字是怎麼來的呢？
是因為各國大佬在這段時期打架打得最激烈。

他們打得那叫一個驚心動魄，手下小弟們死傷慘重，
為了和平，有不少英熊站了出來。

在當時，儒家和道家的學說很有名氣，
但也有很多熊貓選擇去開闢其他道路。

能征善戰的熊貓研究怎樣用武力保家衛國。

能說會道的熊貓主張靠口才影響局勢。

還有應變能力非常優秀的熊貓，
他們提出各種政治理論，幫助國家變得更強。

這些英熊們各自有著不同的思想見解，
組成了不同的團體，被稱為「諸子百家」。

出戰的英熊有很多，但幫助終結混亂局勢的
是法家學派，韓非和李斯就是這個學派的代表熊貓。

韓非出身貴族家庭，一出生就贏在起跑點。
而李斯的出身就非常普通，剛開始只是在楚國做小官。

韓非者，韓之諸公子也。
——《史記·老子韓非列傳》

解讀

韓非是戰國時期諸侯國韓國的貴族子弟。

解讀

李斯是楚國上蔡人。他年輕的時候，曾在郡裡當小吏。

李斯者，楚上蔡人也。年少時，為郡小吏。
——《史記·李斯列傳》

但緣分就是這麼奇妙，
兩個來自不同諸侯國，出身也不同的熊貓，
卻找到了同一個老師，那就是儒家大拿*——荀子。

* 大拿：指一個領域的權威或掌權者。

荀子雖然是儒家頂尖學者，
但他總結並吸收了諸子百家的理論主張，
提出了擁有自己專利的哲學理論。

在荀子的教育下，
韓非和李斯認真學習，並開始深入思考各種現象的本質。

君者舟也，庶人者水也，水則載舟，水則覆舟。
——《荀子．王制》

解讀

君王好比是船，百姓好比是水，水可以使船行駛，也可以使船覆沒。

在學習上，
韓非就是那隻別人家的小熊，各方面都非常優秀。

在荀子門下學習後，
韓非和李斯有了自己的見解，選擇了一條和老師不同的道路。

韓非主張國家要健全法制，設置刑罰，建立君王權威，
他的這些理論成了法家學派的核心思想。

面對天資絕佳、出身高貴的韓非，
李斯雖然自卑，但又想試試自己能不能比過他。

與李斯俱事荀卿，斯自以為不如非。
——《史記．老子韓非列傳》

解讀
（韓非）和李斯都是荀子的學生，李斯自認為學識比不上韓非。

於是李斯向荀子告別，
前往秦國尋找出頭的機會。

老師，
聽說秦國在招聘，
我想去看看。

就這樣，兩熊就此別過，
各自努力，希望未來在頂峰相見。

師弟，
我也要回韓國了，
如果有機會，
我們一起來
結束這個亂世。

在秦國，李斯的才能受到了秦王的肯定，
他加入了秦王的智囊團。

後來，秦王因為韓王派間諜到秦國，
一氣之下發佈「逐客令」，要趕走所有在秦國做官的他國熊貓。

李斯自然也在驅逐名單上。
但他很聰明，提筆寫下了〈諫逐客書〉，
成功地說服了秦王，自己也更受重用了。

〈諫逐客書〉是李斯寫給秦王的一篇奏章。「客」就是客卿，指在秦國做官的其他諸侯國的人。李斯列舉了秦國歷史上有名的客卿的功績，說服秦王撤回了驅逐客卿的命令。而李斯也憑藉這篇文章，一舉穩固了自己在秦國的地位。

但這時的韓非就很慘了，
不是失業中，就是即將失業。

韓非還有口吃的毛病，
這讓他很難跟其他熊貓好好交流。

就在李斯春風得意、
一路高升的時候，韓非依然成績為零。

後來，韓非化悲憤為筆墨，
一口氣寫下了數十篇頂級治世攻略。

完勝
孤憤
五蠹
十過
說林
說難
筆鋒 滿級

秦王偶然讀到了韓非寫的攻略，
頓時感歎：「這是什麼神仙文章！」

秦王見〈孤憤〉〈五蠹〉之書，曰：「嗟乎，寡人得見此人與之遊，死不恨矣！」李斯曰：「此韓非之所著書也。」
——《史記．老子韓非列傳》

這文章是誰寫的？真是個大大的熊才！
這是我同學韓非寫的。

解讀

秦王讀了〈孤憤〉〈五蠹〉後感歎道：「哎呀，我要是能見到那個人並和他結交，就算死了也沒有遺憾了！」李斯答道：「這是韓非寫的文章。」

後來秦國攻打韓國，
韓王不得不派遣韓非出使秦國，秦王熱情接待了韓非。

韓非希望秦國高抬貴手，不要攻打韓國，
這卻徹底得罪了想讓秦國一統天下的李斯。

在自己的雄心和昔日同學情分之間，
李斯毅然選擇了前者，開始說韓非的壞話。

大王英明，
要我說，
師兄畢竟是韓國熊貓，
如果他包藏禍心，
暗地裡為韓國辦事，
我們很難防備的。
韓非是韓國貴族，你說，
他能專心在我們這裡好好幹嗎？

在李斯的陷害下，
秦王果然把韓非抓了起來。

大王，這樣的熊才，
要是放回去，
會變成我們的大敵，
不如……
沒錯，
先抓起來吧，
別讓他跑了。

解讀

李斯和姚賈嫉妒韓非，在秦王面前說韓非壞話：「韓非是韓國貴族子弟。現在大王要吞併各國，韓非到頭來還是會去幫韓國而不是秦國，這是人之常情啊。如果大王不任用他，讓他在秦國待了一段時間後又放回去，這是給自己留下禍根啊，不如給他加個罪名，依法處死他。」

李斯、姚賈害之，毀之曰：「韓非，韓之諸公子也。今王欲並諸侯，非終為韓不為秦，此人之情也。今王不用，久留而歸之，此自遺患也，不如以過法誅之。」

——《史記．老子韓非列傳》

但要不要殺掉韓非，
秦王還是十分猶豫。

韓非那麼有才，
不用是不是有一點可惜？
他攻略寫得那麼明白，
有用的都說了，
還要他幹什麼？

然而最終，
一代英才韓非還是冤死在秦國獄中。

聽說是李斯
給他毒藥，讓他自殺。
別亂說，
你看見了？

關於韓非之死，後世流傳了幾種說法。一說韓非的死是李斯一力促成的，二說韓非是被李斯和秦國另一個大臣姚賈害死的，三說韓非是被秦王默許處死的。在眾說紛紜中，真相究竟是怎樣的，還在等你們去挖掘喔。

韓非雖然死了，
但是他的思想被李斯繼承下來。

在李斯這樣一批熊貓的輔佐下，
最終秦王統一了天下。

李斯一生都在踐行法家理論，
做出了很多改變後世的貢獻。

從今以後，廢除分封制，
實行郡縣制，
統一文字、
車軌、度量衡。

但他也把法家思想推到了另一個極端，
給後世留下了「秦朝暴政」的印象。

聽說秦朝
把書都燒了，
還把亂說話的
儒生熊貓都埋了。
太殘暴了……

「焚書坑儒」是秦始皇統一六國後，為進一步統一思想文化，在李斯建議下焚燒《秦記》以外的列國史記和民間收藏的《詩》《書》，坑殺儒生和方士的行為。

李斯自己的結局並不完美。秦始皇死後，
他沒有鬥過其他想上位的熊貓，最終被陷害處死。

韓非和李斯，他們生活在社會動盪的時代，
都想用自己的思想與力量，改變天下局勢。

後世的熊貓將法家思想與儒家思想結合起來，
「外儒內法」這個統治理念，延續了數個王朝，
千百年來都在使用。

守株待兔

宋人有耕者。田中有株。兔走觸株，折頸而死。因釋其耒（ㄌㄟˇ）而守株，冀（ㄐㄧˋ）復得兔。兔不可復得，而身為宋國笑。

——《韓非子．五蠹》

譯文：宋國有個農夫，他的田地中有一截樹樁。一天，一隻跑得飛快的兔子撞在了樹樁上，扭斷脖子死了。於是農夫放下手裡的農具整天守在樹樁旁邊，希望能再撿到撞死的兔子。當然農夫不可能再撿到撞死的兔子，而他自己也被宋國人恥笑。

自相矛盾

楚人有鬻(ㄩˋ)盾與矛者，譽之曰：「吾盾之堅，物莫能陷也。」又譽其矛曰：「吾矛之利，於物無不陷也。」或曰：「以子之矛陷子之盾，何如？」其人弗能應也。——《韓非子·難一》

譯文：楚國有個賣矛和盾的人，他誇耀自己的盾說：「我的盾特別堅固，任何東西都無法穿破它！」又誇耀自己的矛說：「我的矛很鋒利，任何東西都能被它刺破！」有人問他：「如果用你的矛去刺你的盾，會怎麼樣？」這人就回答不出來了。

我的盾堅固無比，沒有什麼東西能夠穿透它。
我的矛鋒利極了，任何堅固的東西都刺得透。
如果用你的矛刺你的盾，結果會怎麼樣呢？

諸子百家

在先秦時期的學術派別裡，最出名的要數儒家、道家、墨家、法家。儒家講究「仁義」和「禮樂」，宣導大家都要守仁德禮義。道家認為應該讓萬事萬物順其自然，結果自然會應運而生。墨家非常人性化，主張「兼愛」「非攻」，告訴大家不要打架，更不要恃強凌弱。法家的手段則非常鐵血強硬，主張法治，要求強化君王的權威。

除了這四大派別外，諸子百家還不乏其他佼佼者，陰陽家、名家、雜家、農家、小說家、縱橫家、兵家、醫家……各家學說異彩紛呈，影響了中華文明數千年，後世的人繼承他們的思想，走過一代又一代。終有一日，我們也能肩負起打造盛景的使命。

外儒內法

外儒內法是中國歷史上很多統治者用來穩固統治的核心手段。

儒家重「仁政」，推崇儒學是最能籠絡民心的統治方式。但無規矩不成方圓，治理國家就像打拳，拳套柔軟，裡面的拳頭得是硬的才有力量，因此運用法家思想加強管理就顯得尤為重要。

「仁政」用來贏民心，「法治」用來定根基，這就是封建王朝實行的統治之術。

韓堂村

這次我們遊學打卡的目的地是河南駐馬店市西平縣的韓堂村，這裡是韓非的故鄉。

韓堂村原本設有韓家祠堂，只可惜在經歷了多次搬遷後，祠堂年久失修，破損嚴重，不復當年的美好光景。村內還有韓非曾經登臨的孤憤臺，憑弔古跡，說不定你還能從中窺探出幾分韓非的浩然影蹤。

歡迎大家到我的故鄉參觀！
韓堂村

李斯墓

往韓堂村東南方向再走六十多公里，就到了李斯的故鄉——上蔡縣。

在上蔡縣的西南方向，有一座高大氣派的墓塚，那便是尚存於世的李斯墓。李斯墓是一個高大的土塚，墓前立有墓碑，上書「秦丞相李斯之墓」。不遠處就是跑馬崗和飲馬澗。相傳，李斯青年時期常在這裡縱馬馳騁，馬兒渴了便在這裡的溝澗飲水，跑馬崗和飲馬澗就由此得名。

韓非

今天很高興，聽說我寫的書非常暢銷，連很多皇帝都喜歡！

22 小時前

♡ **司馬遷、秦始皇、李斯、眾皇帝**

司馬遷：韓非看看我！我的《史記》裡面也寫了你喔！你剛正耿直，明辨是非，只可惜最後還是逃脫不了遊說君主的災禍啊……

秦始皇：上面那位什麼意思？朕也十分欣賞韓非，還曾說過若能與他結交，死而無憾的話呢！

李斯：師兄莫怪我，若不是你光芒太盛，我也不至於要陷害你……但你的學說我全繼承下來了！

眾皇帝：我們做證！韓非你所寫的治國之術我們一直在拜讀，外儒內法的理念也被我們沿用了千百年。

李斯

嗚呼哀哉！沒想到老夫籌謀一世，最後卻落了個被腰斬的下場！

12 小時前

♡趙高、胡亥、韓非、司馬遷

趙高：呵，你在高位待得太久了，也該換我來坐坐了！

胡亥：李斯老賊！趙高可什麼都跟朕說了，你看朕不順眼很久了吧，既如此，朕當然不能留你！

韓非：師弟啊，當初你怎麼坑我，最後也會怎麼被別人坑。你說你，當初要是不聽趙高的讒言，沒殺掉扶蘇改立胡亥，又怎麼會死得那麼快！

司馬遷：李斯你真是糊塗啊！本來拿著一手好牌，有才華有能力，又精通儒法之道，後期卻利慾薰心，奉承附和君主。若你守住初心，就可以與大名鼎鼎的周公、召公相提並論啊！

司馬遷

（約前 145 或前 135—？）

西漢史學家、文學家，紀傳體史書的開山祖師。為人正直敢言，力求記錄最真實完整的歷史，說最客觀公正的話。

西漢文學史上有兩座高峰，
他們擁有相同的姓氏，但並不是一家熊貓。

文章西漢兩司馬。
——（清）左宗棠

姓司馬的
就是厲害！
司馬遷
司馬相如

解讀
要說文章寫得好的人，那得數西漢的司馬遷與司馬相如。

司馬相如留下了數篇文采優美、生僻字超多的辭賦，
以及令「吃瓜群眾」津津樂道的愛情故事。

請關注我的作品，
不要關注我的生活！
有熊能背出來算我輸！
子虛賦
上林賦
大人賦

司馬遷則留下了重如泰山的史書，
還有一段坎坷的命運傳奇。

其實，
司馬遷的前半生可以說是相當充實。

他出生在小康家庭，他爸司馬談在漢武帝身邊當太史令，
但司馬談並沒有得到漢武帝的重視。

太史令是秦漢時期的官名，是掌管天文曆法和編寫史書的長官。在當時，太史令是個地位較低的官職。

給朕講個
故事聽聽。
我明明是
個史官……
為什麼要給
你講故事？
漢武帝
司馬談

司馬談（約前169—前110），西漢史學家，司馬遷之父。

司馬談以史官的身分為驕傲，
他有一個偉大的夢想——寫一部通史。

兒啊，
我們要寫出像《左傳》
那樣的巨著！
爸爸，我知道了！

在司馬談的影響下，司馬遷從小就能誦讀史書。

今天背《左傳》。
好的爸爸，你是想讓我正著背，倒著背，還是一段正著一段倒著背呢？
左傳

遷生龍門，耕牧河山之陽。年十歲則誦古文。——《史記・太史公自序》

解讀

我司馬遷生在龍門（今陝西韓城南），在龍門山南麓過著農耕放牧生活，十歲就能誦讀古人的文章。

他還會給小伙伴講歷史。

上次我們說到黃帝和蚩尤大戰……
哇，又有新故事聽了！

蚩尤，華夏上古人物，傳說是與黃帝、炎帝同時代的部落首領。

司馬遷成年後，
決定出門去見見世面，尋找更多的歷史資料。

其他小伙伴旅遊時都在打卡、品美食、秀自拍。

司馬遷旅遊時則是在考古、採訪、做筆記。

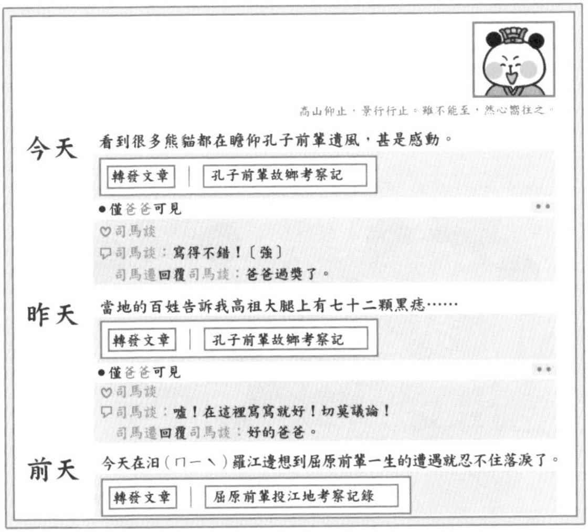

司馬遷為了掌握真實的史料，走了很多地方。
他摩拳擦掌，準備和老爸一起大幹一場。

然而，夢想還沒實現，司馬談卻在洛陽生病去世了，
他的遺願是讓司馬遷繼續寫史。

司馬遷在悲傷中繼承了父親的遺志，
成了新任太史令。

新工作和他之前的生活一樣充實，
他不是在整理史料，就是在漢武帝出行時隨行記錄。

天子益怠厭方士之怪迂語矣，然終羈縻弗絕，冀遇其真。
——《史記．孝武本紀》

解讀
天子日益厭倦方士的奇談怪論，但總歸是沒有停止籠絡方士，希望遇到真正的神仙。

漢武帝雖然被公認為雄才大略，
但他也有個當皇帝的通病——喜歡聽熊貓誇讚自己。

這使得朝堂上掀起一陣拍馬屁的不良風氣。

而求真務實的司馬遷一直低調地編寫著史書。

或許每個夢想家都注定要遭遇現實的毒打，
司馬遷很快迎來了他熊生的巨大轉捩點——李陵事件。

李陵（?—前74），西漢名將，「飛將軍」李廣的孫子。

漢武帝的愛將李廣利出征匈奴，
被三萬匈奴騎兵圍困，李陵帶五千士兵去救援，
卻遭遇八萬匈奴大軍圍堵。

李廣利（?—前88），西漢將領，漢武帝寵妃李夫人的兄長。

在殺傷上萬匈奴士兵後，
李陵軍隊傷亡慘重，被迫投降。

在其他大臣忙著迎合漢武帝時，
司馬遷這個耿直熊貓卻站出來說了句大實話。

這段耿直發言，
讓本就在生氣的漢武帝更加憤怒，給司馬遷判了死罪。

在當時，被判了死罪有兩種自救方法。

但司馬遷作為一個「三無夢想家」，
只有一條路可以走。

腐刑也叫宮刑，是中國古代一種閹割男子生殖器的殘酷刑罰，受刑的人會失去生育能力。

那個時候，
腐刑是對熊貓的尊嚴最嚴重的踐踏。

解讀

首先不使祖先受侮辱，其次不使自身受侮辱，再次是不因道義和顏面受辱，再次是不因言語受辱，再次是被捆綁受辱，再次是穿上囚服受辱，再次是戴上腳鐐手銬、被杖擊鞭笞而受辱，再次是被剃光頭髮、頸戴枷鎖受辱，再次是毀壞肌膚、斷肢截體受辱，最下等的是腐刑，這是侮辱到了極點！

太上不辱先，其次不辱身，其次不辱理色，其次不辱辭令，其次詘體受辱，其次易服受辱，其次關木索、被箠楚受辱，其次剔毛髮、嬰金鐵受辱，其次毀肌膚、斷肢體受辱，最下腐刑極矣！——司馬遷〈報任安書〉

司馬遷本想一死了之，
但他想起自己還有未完成的夢想：《史記》還沒寫完呢！

他回想起先賢們的遭遇，
鼓勵自己受到磨難也不要放棄。

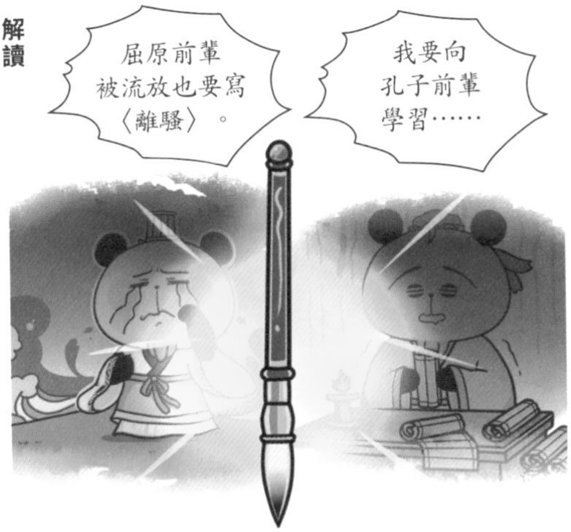

蓋文王拘而演《周易》；仲尼厄而作《春秋》；屈原放逐，乃賦〈離騷〉；左丘失明，厥有《國語》；孫子臏腳，《兵法》修列；不韋遷蜀，世傳《呂覽》；韓非囚秦，〈說難〉〈孤憤〉；《詩》三百篇，大抵聖賢發憤之所為作也。

——司馬遷〈報任安書〉

解讀

〈報任安書〉是司馬遷寫給好友任安的回信，信中用周文王、孔子、屈原、左丘明、孫臏、呂不韋、韓非等人的經歷鼓勵自己。

他在獄中堅持寫史，
筆耕不輟。

多年後，對這段獄中經歷的思考，
還讓他寫下了流傳千古的名句：
「人固有一死，或重於泰山，或輕於鴻毛。」

解讀

人終究免不了一死，但死的價值不同，有人的死比泰山還重，有人的死比鴻毛還輕。

儘管遭受了不公的對待，
司馬遷卻始終不忘初心，力求公正、客觀地記錄歷史。

我只是一直用事實說話……
最佳記錄者

……善序事理，辯而不華，質而不俚，其文直，其事核，不虛美，不隱惡。

——《漢書‧司馬遷傳》

解讀

（司馬遷）擅長講述事情的道理，說得清楚又不辭藻華麗，語言質樸卻不粗俗，文章風格直白，記載的事件禁得起核實，不憑空讚賞，也不掩飾過錯。

司馬遷憑藉驚人的毅力，
讓灰暗的熊生開出了絢爛的花朵。

哇，我的夢想開花了！
不枉我堅持了這麼久！

他為後世留下了史學巨著《史記》。

史家之絕唱，無韻之〈離騷〉。
——魯迅

《史記》開創了「紀傳體」這一史書體裁的先河，
成為後世無數史家效仿的榜樣。

紀傳體是以人物為中心的綜合性史書體裁，讀起來就好像在看歷史人物的傳記故事一樣，生動有趣。

司馬遷這種堅守夢想、直面苦難、自強不息的精神，
激勵了無數華夏熊貓。

《史記》

《史記》包括十二本紀、十表、八書、三十世家、七十列傳，共一百三十篇。其中本紀和列傳是全書的主體，本紀主要記錄歷史上的帝王、諸侯等政治人物的人生經歷，列傳主要是社會各階層代表人物的傳記。由此，司馬遷創立了「紀傳體」這種新的史書體裁，《史記》也成為中國歷史上第一部紀傳體通史。因司馬遷曾擔任太史令，所以《史記》的原名其實叫《太史公書》。

太史令

相傳在夏朝末年，就已經出現太史這個官職了。在西周、春秋時期，太史主要負責記載史事、編寫史書、掌管天文曆法和國家典籍等工作。秦漢時改太史為太史令，職位的地位和重要性都降低了。司馬談和司馬遷父子兩人都擔任過太史令。

司馬遷祠

今天，我們一起來參觀位於陝西省韓城市的司馬遷祠吧！

司馬遷祠始建於西晉，距今已有一千七百多年的歷史了。祠院坐落在山崗上，依山勢建有四座高臺，高臺之間由石階相連，每座高臺前各有一座木牌坊，看上去古樸肅穆。最後一座高臺就是司馬遷墓，四周植有古柏。登臨高臺，可以遠望黃河和古長城，一覽壯麗風光。

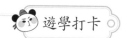

司馬遷

今天寫完了《酷吏列傳》，是耶？非耶？千秋功罪自有評說。

19 小時前

♡ 李陵、任安、揚雄、班固、韓愈、柳宗元、梁啟超、魯迅

司馬談：兒子加油，爸爸永遠支持你寫下去！

司馬遷回覆司馬談：謝謝爸爸！

李陵：對不起老哥，都是我害了你 。

任安：呵呵，酷吏和任用酷吏的人都不會有好下場的，兄弟，我先走一步了！

班固：前輩說得對，我們寫史就應該客觀公正。

韓愈：我從小就看前輩的《史記》，一直被我當成寫作範本！

柳宗元：《史記》寫得太好了，句句都是精華。

魯迅：史家之絕唱，無韻之〈離騷〉！

蔡邕ㄩㄥ

（133—192）

東漢末年著名文學家、書法家，才華橫溢，擅長自彈自唱，擁有粉絲無數。表達欲旺盛的知名藍勾勾人物，有什麼說什麼，喜怒形於色，最終因為一聲歎息丟掉性命。

蔡文姬

（生卒年不詳）

名琰ㄧㄢˇ，字文姬（一說昭姬）。蔡邕的女兒，中國歷史上的著名才女，從小擅長讀書，文學、歷史、音樂、書法全優，是「別人家的好孩子」。長大後在亂世中顛沛流離。

東漢末年，連著出了漢桓帝、漢靈帝兩個糊塗蛋皇帝。
他們搞得朝野動盪，民不聊生。

漢桓帝荒淫無度，信任宦官。繼任的漢靈帝和漢桓帝一樣耽於享樂，他在位時，發生了著名的黃巾起義。

昔日桓帝、靈帝之時，
漢統衰落，宦官釀禍……
漢桓帝
漢靈帝
對，
說的就
是我們！

在這樣混亂的時代，
卻出現了蔡邕、蔡文姬這對文豪父女。

蔡文姬
蔡邕

蔡邕從小很會學習，是個真性情的熊貓。

世道這麼亂，
苦的都是社會底層的熊貓。
誰說地位不同
就不能談戀愛了？

〈述行賦〉和〈青衣賦〉是蔡邕的辭賦代表作，前者抒發了對底層苦難民眾的同情，後者抒發了對出身低微的青衣婢女的讚賞愛慕之情。

他對母親很孝順，
母親生病的時候，他衣不解帶地侍奉了三年。

兒子，
你好多天沒休息了。
媽媽的病不好，
我就不休息。

母親病逝後，蔡邕住在墓旁守孝、讀書，
街坊鄰居都誇他是個好孩子。

自漢代起，守孝成為中國古代社會的普遍風俗。在古代，父母去世後，子女要在墓旁搭建草廬居住，吃粗茶淡飯，表達哀思，時間通常是二十七個月。

為了精進學問，
他苦讀詩書，還拜在名師門下。

名門認證
我的老師是
太傅胡廣！
除了文學，
我還學了術數*、
天文和音樂！

* 術數：以陰陽五行來推測吉凶的方術。

為了寫一筆好字，他苦練篆書和隸書。

篆書分大篆和小篆，大篆接近於象形文字，小篆是秦始皇統一天下後採用的官方標準書體。隸書改象形為筆劃，出現於戰國晚期，流行於漢朝。

有一次，他看到工匠用掃帚蘸著白粉刷牆，
激發了靈感，創造出著名的「飛白書」。

篆書和隸書我都練得爐火純青了，
是時候來一點新花樣了！
飛白

飛白的「白」指的是在書法創作中，筆劃中露出一絲絲白色，像用墨不夠的枯筆寫成的樣子。飛白書能使作品呈現蒼勁渾樸的效果，給人以飛動的感覺。

蔡邕還愛彈琴，
是個音樂才子，擁有很多粉絲。

蔡邕精通音律，相傳他專門寫了一部解說琴曲作品的《琴操》，流傳至今。

蔡邕
蔡邕

名氣大了也會引來麻煩，
糊塗蛋漢桓帝正好喜歡聽曲，就徵召蔡邕到身邊做官。

皇帝
聽說你琴彈得超好，不如進宮專門給朕彈琴吧！
這種糊塗蛋，不能慣著他！
什麼？你賞識的竟然不是我的文才？

蔡邕很生氣，
告訴漢桓帝自己生病了，去不了。

蔡邕的名氣越來越大，
漢靈帝即位後，又叫他來朝廷做官。

但是漢靈帝和漢桓帝一樣不靠譜。

蔡邕提了幾次要漢靈帝改掉壞毛病的建議，
就被壞心眼兒的宦官們記在了小竹簡上，準備給他一點教訓。

漢靈帝輕易地聽信了這些宦官編的瞎話，
下令將蔡邕流放。

流放
我好慘啊！

蔡邕害怕被宦官們報復，於是遠避江南，
一待就是十二年。

這片竹林已經吃了十二年了。

在江南的日子裡，蔡邕親自教女兒讀書。
他的女兒，就是大名鼎鼎的蔡文姬。

蔡文姬名字叫琰ㄧㄢˇ，文姬是她的字，
她完美繼承了父親的文學和音樂才華。

有一次，蔡文姬和父親一起外出，
聽到一陣清脆悅耳的劈啪響聲。

這父女想搶我燒火的木頭嗎？
做琴的梧桐木，卻被當成柴來燒。

梧桐木是適合製作樂器的優質木材，用上了年頭的梧桐木做琴，會使琴聲更加悠揚透亮。

蔡邕從火堆裡搶救出梧桐木，
做成了華夏四大名琴之一的焦尾琴。

經過緊急搶救，果然非同凡響！
躲起來也能抽到頂級裝備？

焦尾琴因琴尾有燒焦的痕跡而得名。

蔡文姬不但精通音律，記憶力超群，
還能寫詩作賦，是遠近聞名的小才女。

也是蔡邕的小驕傲。

漢靈帝去世後，都城裡發生了動亂，
權臣董卓抓住機會，跳出來當了老大。

董卓聽說了蔡邕的才名，
便威脅強迫他過來做官。

蔡邕沒辦法只好來做官，好在董卓非常賞識他。
可是沒幾年，董卓被司徒王允用計殺死了。

蔡邕性情直率，當眾為董卓歎息了一聲。
王允十分不爽，將蔡邕下獄，不久蔡邕就死了。

更悲劇的是，因為天下大亂，
沒過幾年，匈奴趁火打劫把蔡文姬擄（ㄌㄨˇ）走了。

匈奴是中國古代游牧民族，在秦漢年間生活在蒙古高原一帶。

蔡文姬被困在匈奴十二年，
生了兩個孩子。

渴望回家的蔡文姬終於等來了機會，
已經統一北方的曹操要贖她回去。

曹操素與邕善，痛其無嗣，乃遣使者以金璧贖之。
——《後漢書·列女傳》

你爸爸托夢要我帶你回家。
真的嗎？

解讀
曹操和蔡邕交好，遺憾他沒有子嗣，就用黃金、璧玉把蔡文姬贖回中原。

蔡文姬的內心十分糾結，一邊是故鄉，一邊是親生骨肉，
於是寫下了著名琴曲《胡笳ㄐㄧㄚ十八拍》。

〈胡笳十八拍〉是中國古琴名曲，相傳歌辭為蔡文姬所作，但歷代多有爭議。詩中前面的部分主要講述蔡文姬對故鄉的思戀，後面的部分則抒發自己回到故鄉，遠離孩子的隱痛與悲怨。

雲山萬重兮歸路遐，
疾風千里兮揚塵沙。

蔡文姬最終捨不得故鄉，
選擇回到漢朝，嫁給了屯田都尉董祀。

董祀卻沒有讓蔡文姬省心，
有一回他因為犯了法要被處死。

蔡文姬不想失去丈夫，
跑去找曹操求情，曹操赦免了董祀。

曹操對蔡邕過去收藏的古籍很感興趣，要蔡文姬想想辦法，
蔡文姬便一字不差地默寫了四百多篇。

蔡文姬在曹操的要求下默寫古籍，使數百篇古籍得以傳承。韓愈稱讚她「中郎（蔡邕）有女能傳業」。

除了記錄父親的藏書、辭賦，
蔡文姬自己也有優秀的代表作，比如〈悲憤詩〉。

世道這麼混亂，
我要寫詩記錄下來！
蔡文姬寫過兩首〈悲憤詩〉，一首為騷體詩，一首為五言古體詩。
山谷眇兮路漫漫，
眷東顧兮但悲歎。

她通過描寫自己的苦難經歷，
真實記錄了當時普通女性在戰亂時代的悲情熊生。

漢朝
匈奴
人生幾何時，
懷憂終年歲。
流離成鄙賤，
常恐復捐廢。

蔡邕是文學大家，蔡文姬也是千古留名的才女，
這一對才華橫溢的父女的故事，將永遠在華夏世界流傳。

漢朝才女

說起漢朝的才女，那一定得提到卓文君、班昭、蔡文姬這三位。卓文君精通音律，更憑〈白頭吟〉中一句「願得一心人，白首不相離」道盡對愛情的追求。班昭不僅完成了《漢書》的續寫，還被特許參與政事。蔡文姬雖命運坎坷，但她所作的〈悲憤詩〉千古流芳。這三位傳奇才女都在身體力行地向大家展示什麼叫「巾幗不讓鬚眉」。

四大名琴

中國古代四大名琴指的是齊桓公的「號鐘」、楚莊王的「繞梁」、司馬相如的「綠綺」和蔡邕的「焦尾」。號鐘琴音洪亮，像鐘聲激蕩，號角長鳴，傳說伯牙曾彈奏此琴，後來傳到齊桓公手中。繞梁得名自「餘音繞梁，三日不絕」，此琴音色優美，楚莊王陶醉在琴聲中，可以連續七天不上朝。綠綺琴身隱隱泛出綠色，相傳司馬相如曾用此琴彈奏〈鳳求凰〉。焦尾是蔡邕用從烈火中搶救出的梧桐木製成的琴，因琴尾有燒焦的痕跡而得名。

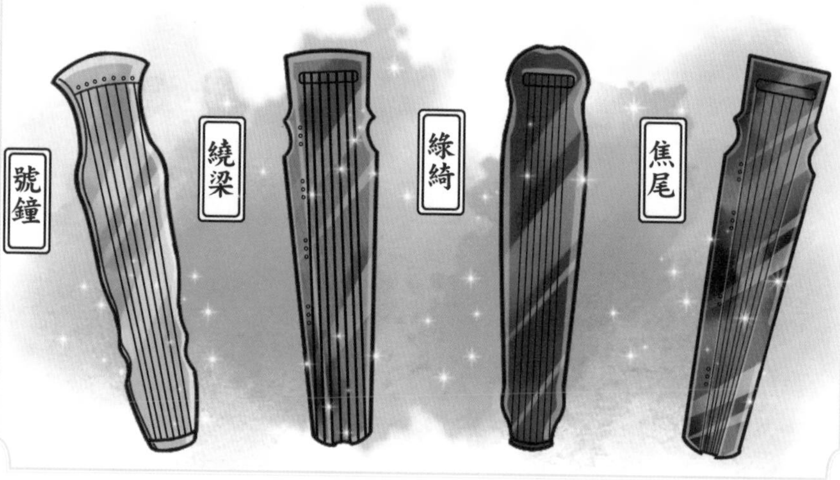

文姬歸漢

曹操在統一了北方以後，不僅重視發展生產，還注重獎勵文學，推崇文士。他打聽到好友蔡邕的女兒蔡文姬流落匈奴，就派遣使者，攜帶厚重的禮物，把蔡文姬贖回來。回歸漢朝的蔡文姬為古籍的傳承貢獻了力量。

蔡文姬墓

今天，要帶大家去陝西省藍田縣三里鎮鄉蔡王莊村轉一轉。

在這裡的西北處，建著蔡文姬的墓。文姬墓被鬱鬱蔥蔥的樹木環繞，墓的正前方還有一座她的雕像。雕像神態平靜從容。站在雕像前，彷彿閉上眼就能聽見她悠揚的琴音。一代才女雖然經歷坎坷，終在青山綠水中長眠。

柯亭

接下來讓我們前往浙江，去紹興看看柯亭吧。

根據《文士傳》記載，蔡邕曾到柯亭遊玩，發現亭椽第十六根竹子適合做笛子。那根竹子做成笛子後果然音色一絕。因為竹子取自柯亭，後人便把這笛子稱為「柯亭笛」。今天，我們雖已無法聆聽柯亭笛美妙的笛聲，但登上柯亭遠眺，依舊可以欣賞到不減當年的秀美風景。

蔡邕

我不怕死，但我還有一個心願沒完成。能不能讓我修完漢史，即使像前輩司馬遷一樣受刑我也願意！

10 分鐘前

♡士大夫甲、士大夫乙、士大夫丙、曹操

董卓：老伙計想開一點，接受現實吧。

蔡文姬：爸爸，我捨不得你。

蔡邕回覆蔡文姬：我也捨不得你，但你今後要堅強！

士大夫甲：刀下留人。

士大夫乙：刀下留人 +1。

士大夫丙：刀下留人 +2。

王允：過去漢武帝不殺司馬遷，才讓他寫出毀謗的書流傳後世。現在我不會再犯同樣的錯誤了！殺！

蔡文姬回覆王允：你真是無藥可救！

曹操：王允，誰讓你殺我朋友的？

蔡文姬

今天又默寫了一篇典籍，感覺離父親又近了一些。

10 分鐘前

♡ 曹操、王羲之、韓愈、郭沫若

卓文君：聽說你的曲子也彈得很好，好想跟你合作一次！

蔡邕：真厲害！你永遠是爸爸的驕傲！

蔡文姬回覆蔡邕：謝謝爸爸！

曹操：侄女，厲害！四百多篇，默寫得這麼準確，人才啊！

蔡邕回覆曹操：當然，那可是我女兒！

王羲之：拜見師祖！您是我師父的師父的師父……

韓愈：你雖然是女孩子，但比很多男人都厲害。

大周后：我和樓上卓文君前輩的心願一樣，不知道前輩有沒有時間？

郭沫若：君生我未生，我生君已死。一千多年後，我還記得你。

王羲之

（303—361）

東晉著名書法家，穩坐書法界頭把交椅，有「書聖」之稱，他的字是當代書法字帖的「免費素材庫」。豪門貴公子，魏晉風度的代表人物之一。

一直以來，
文豪們都是各自領域的王者！

在東晉時期，出現了一位不走尋常路的文豪，
他就是「書聖」王羲之！

東晉（317—420）是西晉滅亡後，晉元帝司馬睿在建康（今江蘇南京）建立的政權。

王羲之出身琅(ㄌㄤˊ)琊(ㄧㄝˊ)王氏，
這是東晉時期的頂級豪門。

王宅
走，帶你去
王家見世面！
謝宅

琅琊王氏是東晉的名門望族，當時人說「王與馬，共天下」，意思是琅琊王氏和東晉皇室司馬氏，共同治理天下，可見當時琅琊王氏的巨大影響力。

老王家的基因非常優秀，
個個都是顏值擔當。

我聽到有熊在誇我！
那個小哥哥
長得真好看。

王家子弟地位很高，
出了好多政界和文藝界的大佬。

根據史料記載統計，自東漢至清，一千八百多年間，琅琊王氏共培養出了九十餘位宰輔和數百位名士。

那個時候只要出身好，
就能直接走上熊生巔峰。

魏晉南北朝時實行「九品中正制」來選拔官吏，起初是家族、道德、才能三方面並重，但由於負責薦舉的「中正」多出身門閥世族，在評選時越來越看重門第，忽視才德，到西晉時就出現了「下品無高門，上品無寒士」的現象。

但王羲之就不按套路出牌，
明明可以靠出身，偏偏要靠才華！

他從小就接受頂尖的貴族教育，
家裡還請來厲害的書法大家教他寫字。

衛夫人（272—349），晉代著名女書法家，是王羲之的書法啟蒙老師。

他發憤練字，
清洗毛筆硯臺時把池水都染成了黑色。

別的熊貓練字只練到能把紙寫透，
他卻要寫到入木三分。

成語「入木三分」出自張懷瓘《書斷》：「晉帝時祭北郊，更祝版，工人削之，筆入木三分。」形容書法筆力強勁，後來也比喻對文章或事物的見解深刻、透澈。

他還善於創新，
小小年紀就在書法界打響了名號。

十六歲時，
王羲之憑藉出其不意的舉動，得到一段姻緣。

當時，太傅郗鑑派門生到王家挑女婿，
王家兄弟們都精心打扮，出來相親。

郗鑑（269—339），東晉重臣、書法家。

只有王羲之非常淡定，
露著肚子躺在床上吃東西。

沒想到，郗鑑不看表面，而是注重才華，
立刻決定讓王羲之做女婿。

這小伙子和別的熊貓不一樣，得向大人重點彙報！
不是吧，
我打扮成這樣還能入選？

「東床快婿」的典故就出自這裡，意思是指為人豁達、才能出眾的女婿。

夫人長得漂亮又愛寫字，
王羲之與她情投意合。

讓我帶你飛！

美滿的生活過了十幾年，
身為世家子弟的王羲之，被家裡張羅了不錯的工作。

王羲之出色地完成了工作，
但他並不想繼續當官，只想寄情於山水。

羲之既少有美譽，朝廷公卿皆愛其才器，頻召為侍中、吏部尚書，皆不就。
——《晉書·王羲之傳》

老王家的長輩不同意，
又安排他去會ㄍㄨㄟˋ稽ㄐㄧ當內史。

王羲之一開始是拒絕的，
但聽說會稽的山水不錯，才歡歡喜喜地赴任去了。

從此，王羲之走上了書法事業的巔峰，
在會稽搞出了轟動華夏文化史的一大盛事。

開掛的熊生
不需要解釋。

當時的會稽住著不少明星文士，
王羲之就打算組織一次大型交流會。

會稽有佳山水，名士多居之，謝安未仕時亦居焉。
——《晉書·王羲之傳》

老謝、老孫、
老曹，還有誰……

文壇大腕們齊聚蘭亭喝酒聊天。

大腕們紛紛提筆作詩，最後王羲之大筆一揮，
寫下一篇序總結這次盛事，並命名為〈蘭亭集序〉。

這篇酒後寫下的序文，字字精妙，
有如神來之筆，被後世稱為「天下第一行書」。

行書是一種介於草書、楷書之間的書體，〈蘭亭集序〉就是王羲之用行書寫的。

從此，王羲之穩坐書聖寶座！

之後，王羲之繼續在會稽過著快樂的生活。
立志在這裡吃到老，玩到老，沒事就去賞鵝。

吃貨
活到老吃到老。

王羲之為什麼不愛貓狗偏愛鵝呢？
據說他從鵝的體態和行姿中，領悟到與書法相通的地方。

左手撫鵝，右手寫字，
真是熊生兩大樂事啊。

王羲之認為，拿筆時食指要像鵝頭那樣昂揚微曲，
運筆時手掌要像鵝掌撥水。

他聽說有個熊貓老太養了隻鵝，叫聲非常美妙，
便興沖沖想去觀賞一番。

誰知熊貓老太聽說王羲之要來，
激動地把鵝殺了招待他，王羲之痛失愛鵝，整天鬱鬱寡歡。

後來，王羲之用自己的字從道士手裡換了一籠好鵝，
這才重新振作了起來。

這就是「書成換鵝」的典故出處。王羲之用自己抄寫的《道德經》，跟道士換了一籠鵝。

王羲之有七個兒子，
一家子齊齊整整，都是書法家。

他最小的兒子王獻之，
在書法上的成就幾乎趕上了老爹，與王羲之並稱「二王」。

在那個張揚自我的時代，
豪門出身的王羲之，活出了真正的自我。

而他也用才華和努力，為華夏留下了寶貴的文化遺產，
影響了一代又一代的書法家！

〈蘭亭集序〉節選

永和九年，歲在癸丑，暮春之初，會於會稽山陰之蘭亭，修禊事也。群賢畢至，少長咸集。此地有崇山峻嶺，茂林修竹，又有清流激湍，映帶左右，引以為流觴曲水，列坐其次。雖無絲竹管弦之盛，一觴一詠，亦足以暢敘幽情。

譯文：永和九年，正值癸丑。暮春三月初，我們在會稽山陰的蘭亭裡舉辦修禊*活動。眾多賢士都到齊了，老少濟濟一堂。此地山嶺高峻，林木繁茂，翠竹挺拔，又有清澈湍急的溪水，掩映著兩旁景物。我們把水引來作為漂流酒杯的曲折水道。坐在曲水旁邊，雖然沒有管弦合奏的盛況，但一邊喝酒一邊作詩，足以暢敘內心情懷。

*修禊：古時驅除不祥的祭祀儀式，在春秋兩季於水邊舉行。

〈蘭亭集序〉

晉穆帝永和九年（353）三月，王羲之在會稽山陰舉辦了一場以文會友的大型活動。文人們一邊喝酒一邊作詩，最後由王羲之大筆一揮，作序一篇，取名為〈蘭亭集序〉。整篇文章中有二十多個寫法各不相同的「之」字，令人叫絕。宋代大書法家米芾ㄈㄨˊ稱讚〈蘭亭集序〉為「天下法書第一」，由此確定其為「天下第一行書」。

王謝兩族

「王謝」指的是魏晉南北朝望族琅琊王氏和陳郡謝氏。這兩大家族分別以王導和謝安為首，出了很多朝廷重臣和文人雅士，不管是在政壇還是文壇都造詣非凡。他們一代代的努力，鑄就了家族無可撼動的地位，讓後世其他家族豔羨不已，於是「王謝」就成了世家大族的代名詞。

烏衣巷

今天我們要打卡的地點，就是著名的烏衣巷！

在東晉時期，這裡是王謝兩大名門宅第所在的地方。因為當時的兩族子弟都喜歡穿烏衣來顯示身分尊貴，於是這條巷子就被稱作了烏衣巷。經過時代的變遷，這裡已經變成了喧鬧的步行街，曾經住在烏衣巷的貴族們也換成了普普通通的人家，真是讓人忍不住感嘆一句：舊時王謝堂前燕，飛入尋常百姓家。

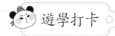

文豪塗鴉牆

王羲之

終於寫完了一幅新字，是時候去見我的愛鵝們了！

10 分鐘前

♡ 王獻之、謝安、謝道蘊、梁武帝、唐太宗、顏真卿、蘇軾、乾隆帝

王獻之：我也剛寫完一幅字，等會兒我拿來給您看看唄！

王羲之回覆王獻之：好的，沒問題！

梁武帝：這字寫得真不錯，怪不得大家都那麼推崇你的作品。

唐太宗：好字啊好字，重金求購，大神賣不賣？

李煜：前輩對不起，我曾經得到過您的真跡，卻沒有保管好，請原諒我。

蘇軾：這鵝真肥，不知道做成廣東燒鵝味道怎麼樣……

王羲之回覆蘇軾：鵝這麼可愛，不可以吃牠！

米芾：想跟前輩請教，要怎麼把「之」字寫出二十多種寫法？想學！

乾隆帝：別搶別搶，好像誰沒有錢似的，就欺負我生得晚……